GRACIAS
A LA
VIDA

Autor: Edith Calderón Castillo

Obra: Gracias a la vida

Sello: Independently published

ISBN: 9798457667938

Edith Calderón Castillo

GRACIAS A LA VIDA

*"Amor, perdón,
fortaleza y plenitud"*

TABLA DE CONTENIDO

CONTACTO

Facebook

Edith Calderon Castillo

Instagram

edith.calderón.56884

Telegram

+56990687976

PRÓLOGO

Desde muy pequeñas a las niñas les enseñan que algún día llegará un hombre a rescatarlas.

Nos dicen que tenemos que ser educadas, vestirnos bien y movernos con elegancia, para que el día en que nos casemos podamos hacer de nuestros maridos personas muy felices...

Lamentablemente, nunca nos preparan para muchas otras cosas que pueden pasar. Nunca me habían dicho que un matrimonio también puede sentirse como una cárcel, o más bien, como una planta carnívora ya que en ella se ingresa voluntariamente, seducida por los colores, los aromas y las delicias que ofrece pero, como le ocurre a cualquier pequeño insecto que no logra ver la trampa que hay a su alrededor a tiempo, no se percata de que lentamente las paredes se van cerrando, el espacio se hace cada vez más estrecho y llegado el momento, ya no puede escapar.

En este libro, se cuenta la experiencia de una mujer, una madre, una esposa que dedicó su vida al cuidado de su familia. Hizo todo lo posible y mucho más para hacer de su hogar un espacio donde sus hijas pudieran crecer y desarrollarse plenamente, y al alcanzar ese momento en el que no la necesitaban más, tuvo la fortaleza suficiente para reclamar su turno de vivir su vida en plenitud.

CAPÍTULO UNO: AMOR

El otro día, caminando por las calles de Santiago de Chile, me encontré con una curiosa frase que decía: "uno siempre quiere volver al lugar donde fue feliz".

"Ser feliz", pensé. Realmente no recordaba la última vez que lo había sido, como si nunca me hubiese tomado la molestia de ponerme a pensar en eso.

Sentí como si, durante mis últimos años, la vida simplemente me hiciera recorrer lugares que nunca antes había imaginado, pero que tampoco se acercaban a aquellas cosas que llegué a soñar de pequeña, o que podría llamar como felicidad.

Probablemente sean muy pocas las personas que pudieron haber quedado tan hipnotizadas como yo ante esa pared blanca con letras negras, ya que incluso me senté en el bar de la vereda de enfrente para pensar con mayor detalle en cuán feliz realmente había sido hasta ese momento.

Naturalmente, lo primero en lo que pensé fue en mis cuatro hijas, y en cientos de oportunidades en las que pude compartir gratos momentos con ellas: sus primeros pasos, sus primeras palabras, los días en los que se le caían sus primeros dientes de leche, e incluso cuando comenzaron a casarse y forjar sus propias familias. ¿Pero realmente era eso felicidad? ¿O acaso es que a una madre siempre le enseñan a querer todo aquello que hagan sus hijos? Después de todo, cada uno de esos momentos, por más lindos y tiernos que hayan sido, eran momentos en los que yo misma ocupaba un rol secundario.

No eran mis logros, aunque aprendí a amarlos como tales. Incluso, si dejo de lado la felicidad que me fueron brindando mis hijas, tengo que pensar en un tiempo muy distante si quiero realmente pensar en cuando fui verdaderamente feliz.

Fue así como, buscando ese momento en el tiempo al cual me gustaría volver, terminé llegando a mi infancia, justo cuando tenía tan solo un año y me fui a vivir con mi abuelita.

Ella me crió, ya que cuando yo nací, mi madre todavía era muy joven y no estaba preparada para una familia tan numerosa. Por eso, mientras atravesaba su cuarto embarazo, yo fui a parar a su casa para criarme con mis tíos.

Fue una infancia muy bella, llena de cuidados y con los más hermosos recuerdos. Sin dudas, un lugar donde estuve muy contenida, me sentí segura y donde fui plenamente feliz.

Si tengo que elegir un recuerdo puntual para inmortalizar aquellos tiempos, elegiría la ocasión en la que mi abuela comenzó a comprarme algodón de azúcar. Si bien ella quería que siguiéramos caminando, yo resolví que si nos quedábamos paradas en ese mismo lugar tendría la posibilidad de pedir otro y otro, cuando estos se fueran terminando.

Mi abuelita esa vez, lejos de regañarme o intentar que desistiera de aquella situación, le pidió por favor al señor del algodón de azúcar que se marchara, ya que yo no iba a hacerlo.

¿Acaso ese había sido el momento más

feliz de mi vida? De pronto, volví a levantar la mirada a ese muro, mientras seguía pensando. Quizá no había sido el más feliz, pero si había sido felicidad legítima.

¿Cuántas veces nos mentimos a nosotros mismos y nos alegramos de pequeños logros que se van conquistando? En el ámbito de lo cotidiano y el día a día. ¿Cuán hipócritas podemos llegar a ser? ¿Cómo seguir sonriendo casi a diario, pese a sentirnos realmente lejanos a esos momentos felices que una vez existieron y hoy están tan lejos?

En mi caso, esa felicidad duró apenas algunos años, ya que cuando cumplí seis, había llegado el momento de volver a casa con mis padres y hermanos.

Lamentablemente mi hogar era junto a mi abuelita, y vivir con mis padres y hermanos nunca llegó a sentirse de la misma

manera.

Todavía recuerdo el día en que llegué a Vallenar. Durante el viaje me agobiaba la idea de que iba a tener que compartir con hermanos que no conocía, me sentía completamente invadida y triste.

Pero cuando vi a mi abuelita partir, fue un momento que se marcó en mi alma para siempre. Dejó una cicatriz que el pasar de los años no logró borrar, y que al día de hoy siento, que sigue doliendo en algún rincón oscuro dentro de mi interior más profundo.

La felicidad se había ido, mi abuelita se había ido, y yo sentía que mi mundo se desmoronaba y se venía abajo como un castillo de naipes.

Cuando me di cuenta, estaba llorando sola en el café, y decidí comenzar a tomar algunas notas.

"Mi felicidad sufrió un importante tropezón a mis seis años, cuando mi abuela me devolvió a casa de mis padres. Y creo que finalmente fue sepultada otros seis años después, cuando me di cuenta que esa felicidad jamás volvería..." Decía la primera frase que escribí en la primera de tantas servilletas.

El día en que mi abuelita partió, fue un día en que lloré a mares, sufrí muchísimo, no entendía por qué mi abuelita se tenía que morir. Ella tenía que ser inmortal, al fin de cuentas ella era mi todo.

Era tan importante la relación que tenía con mi abuelita, que hasta el día de hoy sigo pensando que una parte de mí misma también murió aquel día, y que mi felicidad la acompañó hasta aquel lugar oscuro, permaneciendo ausente durante muchos años.

Familia:

Nací en una familia de seis hermanos: 2 mujeres y 5 hombres, un padre autoritario y machista, pero muy justo. Amigo de sus amigos muy compasivos con el prójimo, tremendamente cariñoso y muy limpio con su persona, su casa, su auto; un hombre trabajador, responsable y que amaba a su "viejita" como le decía a mi madre.

Mi madre, una mujer muy bondadosa, buena persona, extremadamente cariñosa y preocupada por sus hijos y esposo. Amable, afable, buena de corazón, acogedora y compasiva, inteligente, muy bella persona en todo orden de cosas, muy luchadora y fuerte, físicamente muy bella y muchas virtudes más. Ellos nos entregaron lo mejor de sí, los mejores valores y ejemplos de responsabilidad, respeto y amor al prójimo, unión y que siempre hay que dar sin mirar a quien. Gracias papitos por tanta entrega. Que en paz descansen.

Los 17 años, conocí a quien posteriormente se iba a convertir en mi esposo. Su nombre es Robinson y en cierta forma se puede decir que fue el encargado de recordarme que se podía ser feliz de nuevo.

Durante esos casi dos años en los que pololeamos, me sentí querida, me sentí bella, y sin dudas fui muy feliz.

Después de eso llegó el momento de casarnos y comenzamos a construir nuestra vida juntos. Si un funeral marcó el final de mis días felices, casarme fue la forma de revivir esa felicidad y comenzar a construir algo muy bello, junto a una persona a quien llegué a querer con todo mi corazón.

No pude evitar sonreír mientras recordaba los paseos por la playa, caminar de la mano junto al mar, y confesarnos mutuamente lo mucho que nos queríamos. Nos creíamos tan grandes, a pesar de que éramos tan jóvenes e inexpertos. Pero nos amábamos, y para aquel entonces eso era todo lo que yo necesitaba.

Elecciones de vida:

Según el refrán, cuando Dios cierra una puerta abre una ventana. Lo que hasta entonces no tenía bien en claro era si al abrirse una ventana, eso implicaba que inevitablemente tuviera que cerrarse una puerta.

Por lo menos eso fue lo que me pasó a mí, con mi carrera universitaria, ya que al momento de nuestra boda yo ya estaba en cuarto año y me faltaba tan solo uno más para licenciarme como contadora. Fue entonces cuando quedé embarazada.

Para esos momentos nosotros seguíamos viviendo en casa de mi suegra, que de a momentos hacía que la convivencia se tornara un poco difícil.

Por otra parte, el matrimonio tampoco es tal cual lo relatan en los cuentos de hadas. Robinson trabajaba en exceso, y de a momentos llegaba a sentirme verdaderamente sola. Fueron meses difíciles, de los que fuimos saliendo adelante poco a poco, con mucho trabajo y cantidades inhumanas de amor, que por aquellos años sentíamos en exceso.

Finalmente, llegó el día más feliz de mi vida. La llegada de Jeimy marcó un verdadero antes y después.

Nunca antes había sentido tanta felicidad junta. Mi primera hija, algo mío, algo propio, que yo misma había tenido. Algo que es tan común, pero que al mismo tiempo me parece tan extraordinario.

Lamentablemente, no le tocó nacer en el mejor contexto, ya que todavía vivíamos en casa de mi suegra y los recursos no abundaban de ninguna manera. Es por eso que a la cuna la tuvimos que armar con nuestras propias manos, al tiempo que tuvimos que soportar la intromisión de mi suegra en todo momento durante esos primeros años.

Por otra parte, mi suegra no era una mujer para nada fácil y siempre que podía aprovechaba para hacer alguna diferencia entre mi hija y el hijo de mi cuñada, que siempre recibían el mejor trato de su parte.

Afortunadamente, esa situación no fue para siempre, ya que cuando quedé embarazada de mi segunda hija, coincidió con el momento en que Robinson ingresó en la mina de cobre más grande a rajo abierto de Chuquicamata, y gracias a eso nuestra situación financiera comenzó a mejorar progresivamente.

Supongo que sentirse en deuda con nuestras hijas mayores es algo muy común que las madres sabemos sentir. Después de todo, ellas nunca suelen tener la culpa de que sus padres no pudieron esperar aunque sea unos pocos años antes de traer niños al mundo. Y si bien, con el tiempo todo fue mejorando y empezando a tener sentido, por mucho que intente, nunca podré volver el tiempo atrás, nunca podré obsequiarle una infancia perfecta como ella se merecían.

Cuando llegó la segunda de mis hijas, Dayana, ya todo era muy diferente. Si bien todavía no habíamos logrado independizarnos de la casa de mi suegra, ya comenzábamos a gozar de una holgura económica que nos permitió comprarle más cosas bonitas.

Incluso, cuando Dayana cumplió su primer añito, se nos abrió la oportunidad de adquirir nuestra primera casita.

Se trataba de un lugar pequeño, situado en el patio de quienes eran nuestros arrendatarios. Una pequeña casa, que si bien podía llegar a necesitar algunos arreglos y modificaciones, por primera vez se hacía sentir como un espacio propio, donde podría finalmente criar a mi familia y darle la vida que se merecía.

En esos tiempos, Robinson había alcanzado un gran nivel de madurez, no solo consiguió la independencia económica que tanto necesitábamos, sino que por primera vez lo vi con tanta fortaleza, como para proteger a su familia de cualquier adversidad que se presentase.

Aún recuerdo, una vez, en la que los dueños del lugar se enfadaron porque nosotros no les pagábamos un dinero adicional que ellos querían recibir, y como represalia a eso nos cortaron la luz del lugar, dejándome a Jeimy, Dayana y a mi en las penumbras, hasta que finalmente llego el del trabajo.

Nunca lo había visto tan enfurecido y dispuesto a proteger ese pequeño clan que habíamos construido. No solo enfrentó al dueño del lugar, sino que también tomó la iniciativa y cambió por su cuenta los tapones de la luz, para que finalmente se hiciera la luz de nuevo.

No sé en qué momento había crecido tanto. Hacía tan poco tiempo que no éramos más que unos niños, y dos años después, Robinson ya actuaba como todo un hombre.

Esa noche recuerdo haberme sentido protegida, esa noche me di cuenta que no había nada a que temer, ya que estaba con una persona que defendería nuestros derechos con ímpetu amor y valentía.

Finalmente nos mudamos una vez más, ya que pedimos una casita para ir a vivir a Chuquicamata, donde Robinson podía estar más cerca de su trabajo y así pasar más tiempo en casa.

Vivir en Chuquicamata de tenia sus beneficios, por ejemplo el ingreso al pueblo estaba custodiado por carabineros, teniendo en cuenta de que ese lugar se trataba de un lugar estratégico para el estado Nacional, ya que llegó a ser la mina de cobre de su tipo más grande del mundo.

Con el tiempo, Robinson se fue consolidando cada vez más en su trabajo y nuestra familia seguía siendo bendecida. Primero con Girlaine, y luego con Angie, de forma que a mis 29 años ya habíamos conformado una familia de seis integrantes.

Recuerdo que, incluso mis cuñados ya comenzaban a hacer chistes sobre mi excesiva fertilidad.

—A la Edith la miras y ya se queda embarazada —decían.

Pero era cierto, y no podíamos permitirnos seguir teniendo hijos. Fue por eso que cuando nació Angie, pedí que me operaran para que ya no pudiera tener más. Yo decía "cuatro son multitud".

En esos años, en paralelo a los cuidados del hogar, me dediqué a terminar mi carrera de Contadora, que si bien fue un ciclo que me gustó cerrar, y un logro que hasta el día de hoy me acompaña y considero importante, no dejó de sentirse como una victoria mutilada.

Pese a tener mi título, finalmente decidí que lo mejor iba a ser que me quedara en casa a cuidar de mis niñas. Por lo que solo pude ejercer durante unos pocos meses.

Con cuatro niñas en casa, sentía que era mi deber hacerlo. Después de todo, quería que se criaran siendo las mejores. Quería que recibieran todo el amor y la atención que me fuese posible brindarles.

Aunque es muy difícil no sentir que cuando se toman decisiones de ese tipo, estás resignando una parte de tu vida por algo que es más importante. ¿Más importante que una misma?

Recuerdo que Robinson se aseguró de dejarlo explícito:

—Recuerda que yo no te estoy pidiendo que dejes de trabajar, que eres tú quien está tomando esta decisión.

¿Realmente una podía tomar la decisión de abandonar a su familia? O acaso era como esos libros de forjar diferentes caminos, pero que en realidad todos de una u otra forma nos llevan a un mismo final en el que yo termino en casa y cuidando a nuestras niñas.

Chuquicamata:

Si tuviera que describir Chuquicamata, no sabría por dónde empezar, ni cómo definirla.

Para empezar, su belleza era innegable, situada en plena cordillera de los Andes a más de 2.000 metros de altura, ofrecía un aire fresco y puro, además de una tranquilidad ensordecedora.

Ahí, teníamos todo lo necesario para que

pudiéramos criar a una familia de forma muy segura, incluyendo un pequeño cine. También, teníamos de esas pulperías que se encargan de vender todo tipo de víveres, incluyendo los regalos en los meses navideños.

Por otra parte, como todos los vecinos eran los mismos trabajadores de la mina y sus familiares, entre todos nos comprendíamos y cuidábamos. Carabineros custodiaban el lugar, también contábamos con el mejor hospital de Latinoamérica diseñado por gringos, como les decimos en Chile a las personas que son nacidas en Estados Unidos. Chuquicamata era una burbuja impenetrable, donde los niñas podían jugar y desarrollarse con una inmensa comodidad.

Incluso, hasta el día de hoy mis hijas recuerdan los grandes grupos de niños, con los que podían reunirse y jugar en Chuquicamata, libremente en las calles en los barrios fuera de las casas en esos años ya teníamos una de las casas más grandes que habían en Chuquicamata para los trabajadores de Codelco en Población las Flores en donde estábamos muy cómodos por mi parte, también existían instalaciones pensadas para las esposas de los mineros. Conocidos como "centros de actividades". En ellos aprendí peluquería, policromía, punto cruz, entre muchas otras cosas que nos enseñaban.

De a momentos, solo sonreía y me divertía en todo eso que de tan bello que era, parecía un mundo ficticio e irreal. Pero a la vez, no podía dejar de sentir que Chuquicamata realmente me estaba consumiendo.

Yo no solo era una talentosa contadora,

sino que también era una mujer fuerte y soñadora. No obstante, ese pueblito parecía apaciguar mis energías y consumirme lentamente.

Como una pequeña abeja atrapada en una planta carnívora, tanta belleza no podía ser gratis, y si me quedaba por mucho tiempo, tarde o temprano me daría cuenta de que ya era demasiado tarde, y no estaba dispuesta a eso.

Fe:

Existen dos cosas por las que estaré eternamente agradecida con Chuquicamata y los largos años que con mi familia vivimos ahí dentro.

Por un lado, está la posibilidad de ofrecer un lugar agradable, seguro y tranquilo, donde mis hijas pudieron correr, jugar, hacer amigos, y vivir sin tener que preocuparme por su seguridad.

Desde el día en que llegamos, nos sentimos acogidos y seguros ahí dentro, razón por la cual considero que no fue un error ni mucho menos haber llegado a ese lugar, donde finalmente pudimos conformar ese hogar deseado que siempre habíamos soñado para mis niñas.

Mientras que lo segundo por lo que le debo agradecer desde lo más profundo de mi corazón, está vinculado a mi enriquecimiento interno, ya que ahí dentro pude forjar un amor hacia Dios y la vida que me acompaña hasta el día de hoy.

Aún recuerdo cuando mi hija Jeimy se anotó en la parroquia del pueblo para hacer su primera comunión, aunque no se anotó sola, sino que arrastró a su hermana Dayana con quien hacían todo juntas.

Luego de eso, siguieron con la confirmación.

Con el tiempo, también fueron pasando por esa misma parroquia Girlaine y Angie, que siguieron los pasos de sus hermanas mayores.

Por mi parte, desde que empezaron a transitar ese hermoso camino, también comencé a empaparme con la gente de la institución, como de la parroquia en sí misma. Y con eso, fui descubriendo un mundo completamente nuevo para mí, me gustó mucho todo eso.

Ese mismo sacerdote que las comulgo, también se transformó en mi guía espiritual. Cada una de mis hijas pasó por ahí, pero fui más allá y me quedé por más tiempo.

Fue así como terminé ejerciendo como catequista para los padres, en la parroquia familiar. Dios me había bendecido tan holgadamente, con un buen esposo, cuatro hijas sanas, que esa era mi forma de retribuir a Dios todo aquello que me estaba dando.

Me entregué diciendo "Jesús, ¿qué esperas de mí? Te entrego mis manos, mis ojos y mi boca para ofrendarte a ti mi vida entera. Gracias señor".

Los meses pasaban y mi devoción no hacía más que aumentar. Fue así como con mis dos hijas mayores comencé a participar de "Chuqui Ayuda A La Infancia Desválida". La misma era una institución que trataba de asistir a los jóvenes de todo el interior, niños que lamentablemente no habían nacido con los mismos privilegios y necesitaban ayuda.

Recuerdo que trabajamos mucho ahí, para intentar garantizar el bienestar de esos jóvenes, para que tuvieran acceso a una operación, remedios para sus dolencias, para que pudieran acudir a un médico. En muchas oportunidades los enviábamos para Santiago para que pudieran ser atendidos por los especialistas.

Todo esto se financiaba con una cuota que ofrecían todos los trabajadores cada mes, y con muchos eventos y ventas que organizábamos las voluntarias para poder potenciar aún más esa ayuda.

Algunos mejoraron, y eran días felices, mientras que en otras ocasiones los niños se nos iban y los días se hacían muy tristes. Pero siempre seguíamos adelante y trabajábamos codo a codo para hacer todo lo que estaba a nuestra disposición para que los niños pudieran mantenerse fuertes y saludables.

Recuerdo eventos en los que llegaron a

participar más de cien personas, bingos, funciones, éramos mujeres muy comprometidas en ese sentido. Esos fueron días felices, días en los que me sentía más cerca de Dios, donde las familias de esos niños nos agradecían, y sus sonrisas eran el combustible que nos llevaba a hacer aún más.

Fortaleza:

Creo que la fortaleza, es una de las virtudes que más se confunden con el común uso de la palabra. Al oírse el término "ser fuerte" probablemente muchos imaginan a una persona muy dura e impenetrable. Pero la fortaleza es mucho más complicada y difícil que eso.

Ser fuerte es poder mantenerse de pie cuando nos caemos, tener la voluntad de seguir levantándonos, pese a que la vida nos venga

Arrollando, ponerle buena cara a las situaciones más complicadas y difíciles. Eso es lo que implica ser fuerte. Para ser fuerte uno tiene que sufrir y seguir adelante superando todos los obstáculos que se nos presenten en la vida.

Un día de aquellos, ocurrió que mi cuerpo comenzó a mostrar grandes señales de deterioro. Comenzaban a surgir dolencias y problemas en mi salud cuando el médico llegó con los resultados. No podía creer lo que veía, realmente no había nada malo conmigo, realizaron infinidades de exámenes y tampoco encontraron nada.

El hospital de Codelco decidió enviarme a una prestigiosa Clínica de Santiago, la capital de Chile. También allí me tomaron distintos exámenes y al parecer todos estaban bien. Fue allí donde descubrieron que mi cuerpo se estaba manifestando de esa forma, con muchas infecciones urinarias.

Hasta que finalmente llegó un psiquiatra y me dijo que lo que yo tenía era una violenta depresión. Se trataba de un gran número de emociones acumuladas que en sus ansias de salir adelante y ser fuerte ante las pérdidas de mis familiares, comenzaron a destruirme por dentro.

Desde que me había casado, ya había visto morir a mi padre y a mi madre de un cáncer a los huesos del cual sufrió mucho, También mi hermano Wilfredo murió muy joven, luego mi hermano mayor Raúl, quien falleció en febrero del 2003 y luego fue el turno de mi hermano Manuel, quien también falleció en ese mismo año. Que en paz descansen hermanos, espero estén haciéndome un lugar para cuando me toque descansar con ustedes.

Por ese motivo, el psiquiatra de la Clínica comenzó a darme un gran número de medicamentos que hacían que durmiera bastante de a momentos. Recuerdo que para ir al baño iba chocando con las paredes de mi habitación. Nunca antes me había sentido tan mal. Pero de todas formas, cada mañana me despertaba y pedía que abrieran las ventanas y me daba una ducha.

También, le rogaba a Dios que me diera la fortaleza necesaria para salir de esa situación que tanto lamentaba. Tenía que salir de eso, por mis niñitas que se habían quedado con su papá. El pidió sus vacaciones para cuidarlas.

Mientras estuve hospitalizada en esa clínica, mis amigas no podían creer que sufriera depresión. Porque los que me conocían sabían que era una mujer muy alegre. Pero al parecer, si no le haces caso a lo que sientes tu cuerpo empieza a gritar lo que tu boca calla.

Estuve tres meses en Santiago para recuperarme. Mis hijas se turnaban para ir a acompañarme, fue un gesto muy lindo. En total estuve dos años con tratamientos y asistencia de psicólogos y psiquiatras.

Cuando regresé a Chuquicamata la vida iba a continuar gritando ese mensaje que yo misma no quería escuchar. El tiempo estaba pasando, y yo seguía atrapada en esa flor carnívora que no quería soltarme.

La muerte de mi padre, de mi madre, de mis hermanos, todas ellas eran señales de que la vida se me estaba pasando, y yo todavía no había hecho nada por cumplir mis sueños.

Quizá por comodidad, me seguía repitiendo que mis niñas me necesitaban, que tenía que estar con ellas, acompañarlas y cuidarlas. Pero no era más que una excusa, y ya no tenía margen para seguir mintiéndome. No había más margen porque mi hija Jeimy se iba a la universidad.

El tiempo había pasado, ella ya había crecido y ya no era una niña. Recuerdo que todos fuimos a dejarla en Antofagasta, una ciudad que está al norte de Chile, a tres horas de Chuquicamata. Fuimos en auto y volvimos todos llorando porque era la primera de mis hijas que se iba. Se fue a estudiar la carrera de Asistente Social.

Al año siguiente también se fue mi hija Dayana a Texas Houston, Estados Unidos. No podía creer que otra de mis hijas se me fuera. Y en esta ocasión a un país tan lejano.

Sufrí en gran medida sus partidas, me

dolía en lo más profundo de mi alma ver el nido cada vez más vacío. Entraba a sus habitaciones y lloraba porque las extrañaba mucho Pero nunca les corté las alas, ellas eran libres de volar, volar mucho más lejos de lo que yo había llegado.

El padre Enrique Olive Turu, mi guía espiritual, me ayudó mucho con eso.

—Déjala ir —me dijo—, los hijos son prestados, tendrán que aprender a volar con sus propias alas y si se caen tendrán que aprender a ponerse de pie.

Cuando estaba por llegar el turno de mis otras dos hijas, ocurrió algo que nadie se esperaba. Mi hija más grande había quedado embarazada y esperaba un hijo de su pareja, Cristian.

Fue un duro golpe para mí, veía la vida de mi hija ofuscada. Le pedí consuelo al señor, sentía que su futuro se desvanecía entre sus dedos. Hasta que finalmente comprendí que aquello que me dolía no era su vida, sino la mía.

Había invertido tantos años para cuidar de mi familia, que finalmente comprendí que no era eso lo que quería para mí. Chuquicamata se había llevado mis mejores años, se había llevado mi carrera y ahora que mis hijas se iban, me quedaría con las manos completamente vacías, y eso era algo que me aterraba.

Pero era terca. Lejos de comenzar a pensar en mi vida, preferí ofrecerme para cuidar de su hijo Jonathan mi niño hermoso que cuando supe que era un varoncito llore de la emoción. A mis cuarenta años, había aceptado criar a otro niño desde cero, era como si buscaba excusas para atarme a Chuquicamata y evitarme el miedo de vivir mi propia vida.

Mi hija agobiada, aceptó mi oferta para poder terminar sus estudios. Así fue como comencé a criar a Jonathan, mi bebé. Los médicos cuando me comentaban sobre sus chequeos se referían a él como a mi hijo, lo que siempre me emocionó, aunque siempre les aclaraba que yo era su abuela. Lo que siempre los sorprendía, ya que tan solo tenía cuarenta años. Y me decían que abuela más joven.

Mi hija Jeimy viajaba todos los fines de semana a ver a su hijo, y siempre se sorprendía de cómo estaba cada vez más grande y gordito.

Cuando Jonathan tenía dos años, Jeimy se mudó a Calama, para estar más cerca de su hijo, al tiempo que esperaba a su segunda niña. La misma vivió solamente un día. Falleció el mismo día en que Jonathan cumplía su tercer añito.

Pero las bendiciones no tardaron en llegar, ya que tan solo dos años después ya tenía una nueva bebé, Nayrita y yo me sentía muy orgullosa porque fue a dar su examen de grado con su hija en brazos porque era una bebita y tomaba pecho.

Alegría de vivir:

Los siguientes años fueron de los mejores en mi vida, y realmente los viví como un renacimiento. Fueron los años en los que de a poco comencé a animarme a volar lejos del nido, y aventurarme junto a mis hijas en lugares que eran muy emocionantes y nuevos para mí.

Primero fue con Dayana, que tras volver a estudiar traductor, nuevamente partió rumbo a los Estados Unidos, donde esta vez yo la acompañe para corroborar que tenga todo lo que ella necesitara y se encuentre viviendo conforme a sus necesidades.

Ella arrendó un departamento bellísimo, localizado en Texas Houston, pero se la pasaba ocupada yendo de un lugar hacia otro. Eso me abrió las puertas a que saliera a aventurarme por mi cuenta.

Era tan difícil comunicarme con ellos, que eso abrió las puertas a cientos de experiencias muy divertidas. Realmente disfruté muchísimo ese viaje. Fue un mes que atesoraré para siempre en lo más profundo de mis recuerdos.

Es increíble cuánto podemos aprender de nuestros hijos. Me resulta increíble hoy ver lo lejos que cada una de ellas se animaron a llegar. Es increíble que sean ellas quienes me tuvieron que enseñar lo maravilloso que puede ser este mundo y me recordaran que una de las partes más bellas de la vida era simplemente animarse a vivir.

Con los años, Girlaine también se fue, para hacer su carrera de Enfermería, al tiempo que Angie se puso de novia con un muchacho español. Primero él la vino a buscar, conoció a nuestra familia y consolidaron su amor, era un muchacho encantador.

Recuerdo el día en que se fue. Angie quedó devastada, realmente quería a ese muchacho y le afectó mucho su partida.

Después de un tiempo, fue ella quien quiso viajar hasta Barcelona para seguir construyendo esa relación que se había dado entre ellos.

En primera instancia viajó sola a Barcelona con 17 años de edad. Luego viajamos nuevamente, fui a acompañar a mi hija menor, lo que me abrió una nueva puerta que cambiaría para siempre mi forma de ver el mundo.

Fueron siete meses los que vivimos en Barcelona. Entre las dos, arrendamos un piso, y al tiempo que vivía su historia de amor, yo misma también experimentaba mi propia aventura.

Conocí cientos de lugares nuevos, personas muy agradables y vivencias, experiencias que difícilmente habría podido imaginar. Era apenas una niña cuando ingresé a Chuquicamata, era apenas una jovencita cuando elegí relegar mi vida a un segundo plano para construir una bellísima familia y ahora me encontraba en mi mejor época.

No es que lamente esa decisión que una vez supe tomar. Hoy mi familia es lo más importante que tengo en la vida, y sin dudas son todo aquello que más quiero. Pero al mismo tiempo, era la primera vez que me sentía realmente libre. Mis hijas ya eran grandes, y yo también.

Sentía que la vida me había regalado una segunda oportunidad, una nueva oportunidad para conocer lugares, para conocer personas, para trabajar y formarme profesionalmente. En esos siete meses fui feliz.

Bajo la vista, y veo que el café ya está frío. Sigo sentada frente al mural, "uno siempre regresa al lugar donde fue feliz". Inevitablemente pienso en Barcelona, pero la verdad es que nunca me he animado a regresar, sin embargo, no pierdo las esperanzas de volver.

La relación de Angie finalmente terminó.

Yo tenía una decisión que tomar. Mi familia estaría esperando que nos devolviéramos, mientras que Barcelona se mostraba despampanante y reluciente como nunca.

Mentiría si les dijera que me fue fácil tomar tan pesada decisión. Mi hija necesitaba consuelo, Dayana había regresado de Estados Unidos porque extrañaba en gran medida a su familia, Robinson me llamaba eventualmente e implorabas que regresara a mi hogar a mi país, con mis hijas, con mis nietos. A él le habíamos buscado un trabajo y nunca se quiso ir porque Giry se estaba educando en la universidad.

Sentía que dos mundos se abrían ante mis ojos. La decisión que tomaría ese día repercutiría en mi cabeza por el resto de mi vida. No podría vivir con el peso de esa decisión, así que lo dejé a la suerte. De un lado el mapa de Europa, me quedaba en España; del otro Felipe VI, en quien veía la cara de Robinson, regresaba a casa con mi familia.

La moneda de un euro sentenció mi destino, y finalmente regresamos a casa con Angie.

Desde entonces, aproveché cada nueva ocasión que se me presentaba para volver a viajar. Dayana y Angie se fueron a vivir a Santiago y yo venía muy seguido a verlas.

En un principio se quedaron con mi hermano, pero lo cierto es que aproveché sus diferencias para venir a arrendarles un lugar más cómodo.

Quería que ellas tuvieran todo lo necesario para estar bien, quería también tener un lugar para venir más seguido de visita.

Sentía que mi mente se había expandido tanto que ya no cabía en una mina de cobre, ni siquiera en la más grande del mundo. Iba muy seguido a verlas, iba muy seguido a sentirme libre.

Sentía que mi alma me exigía cada vez más libertad. También sentía que Dios me había dado alas y quería desplegarlas hasta su máximo potencial para recorrer todos aquellos lugares maravillosos que había en el mundo.

Así comencé a viajar por todo el mundo. América Latina, Europa, México, hasta tuve la oportunidad de viajar hasta Tierra Santa. Ahí logre que Robin me acompañara, donde pudimos renovar nuestra fe, y mi amor a Dios, quien guió mis pasos en todo momento y me regaló todas esas nuevas experiencias. También viajamos a Polonia fue una de las más bellas experiencias de nuestra vida.

Era una mujer que había dedicado su vida entera a criar a sus hijas, atrapada en un lugar muy pequeño. Ya sin hijas que me necesiten, me di cuenta que nunca se es lo suficientemente grande, como para elegir comenzar de nuevo.

Me gustaría decir que el final de esta historia es ese final feliz con el que me gustaría firmar, pero lo cierto es que todavía me quedaba una lección más por aprender.

CAPÍTULO DOS: PERDÓN

Desde el momento en que me casé, siempre había imaginado que esa luna de miel solo era el primero de cientos de viajes que nos esperaban por delante.

Pero nuestras hijas crecieron, todas ellas ya eran grandes, habían formado sus propias familias, y Robinson seguía trabajando noche y día en esa mina de cobre.

Siempre fui muy agradecida con ese trabajo que logró dar estabilidad y garantías a nuestras vidas, que nos permitió consolidar un hogar y hacer que nuestro sueño de una familia perfecta se hiciera realidad. Pero ya hacía falta un cambio, ya era momento de dejarlo, y solamente uno de los dos estaba dispuesto a dejarlo todo atrás.

El tiempo me fue haciendo cada vez más insensible. Me vi obligada a adaptarme a las ciudades desconocidas, y valerme por mí misma durante estos últimos años, mientras él se Negaba a acompañarme. Él había cambiado, yo había cambiado ¿La compatibilidad se había terminado?

Finalmente decidí quedarme en Santiago. Sentía que mi alma se marchitaba cada vez que me acercaba a las montañas. Era como si la abeja hubiera logrado zafar de un destino sellado, pero que ahora ya le asustaba la idea de acercarse a esa dichosa planta carnívora. Ese lugar me asustaba, y tenía muy claro que no quería volver a él.

Los siguientes años me dediqué a continuar ejerciendo como Catequista. Era una actividad en la que me sentía realmente útil y valorada, ahí podía entregar todo mi corazón, que tenía mucho para dar.

Cada día que pasaba en Santiago sentía como mi alma sanaba un poquito más, pero ese mismo tiempo lejos de Robinson causó estragos en nuestra relación. Comencé a crecer sin él, como también él se acostumbró a vivir sin mi compañía. No sabía qué era lo peor, si era que el amor se estaba acabando, o que a ninguno de los dos nos importaba y simplemente dejamos que pasara.

Finalmente, cuando se liberó de sus obligaciones se vino a vivir con nosotras, por un tiempo fingimos que nos extrañábamos, pero ambos sabíamos que no era lo mismo.

Sus besos ya no se sentían iguales, su cuerpo y el mío ya no sabían encontrarse como antes, mi mente viajaba cada día más lejos; lejos de la ciudad, lejos de la rutina, lejos de Robinson.

Por su parte, él seguía regresando a Chuquicamata, técnicamente no tenía por qué hacerlo, pero de todas maneras él regresaba. No daba explicaciones al respecto, tampoco yo se las pedía. Nuestra relación ya era un mero formalismo que sabía que tenía fecha de caducidad.

De todas formas, enterarse de una infidelidad nunca es ameno, y el día en que lo descubrí me golpeó en lo más profundo de mí, fue lejos la tristeza más grande que he tenido que vivir. Lloré mucho después de 38 años de matrimonio era devastador para mi recuerdo cuando él se fue de la casa porque yo se lo pedí, me sentaba noches completas a llorar y preguntar a Dios "¿para qué?, ¿para qué, Señor?".

Muchas veces, recuerdo, me llevaba una

toalla y me tapaba la boca para llorar a gritos y que mis hijas no me escucharan. Porque eso no me estaba pasando, si era la persona en la que más confiaba y quería me había dañado tanto. No me sentía merecedora de tan vil traición... Sentía que le había fallado a mi madre, que en su lecho de muerte me hizo prometerle que sin importar las adversidades seguiría a su lado porque ella.

Lo quería mucho, le fallé a mis votos, nos fallamos a nosotros mismos.

Dios; he visto el dolor, he pedido a gritos tu intervención y hasta llegué a preguntarme dónde estabas tú. Escuché tu voz y me dices que todo estará bien, que todo tiene una razón, que es parte de un propósito, que siempre has estado aquí. Me dices todo saldrá bien, que descanse mi confianza sobre ti. Así lo hice.

Escuché su voz, porque él es mi amparo y mi fortaleza. Solo me pides humildad y amor para seguirte, eres mi amigo fiel, al cual le puedo contar todas mis cosas eres vida. Eres luz. Gracias por estar ahí, sé que cuando sentí desfallecer estabas ahí y me tenías en tus brazos para yo no desesperar. Gracias por tu gran amor para con tu hija. Gracias Padre Amado, el Único que nunca falla.

Mis hijas no lo tomaron nada bien, y llegaron a decirme atrocidades, de las que hoy estoy segura que se arrepienten. Decirme que porque no me había separado antes del él puede haber fallado en un plano físico, pero me tenía defraudada porque no se venía de Calama a estar con nosotras, lo cual me lo había prometido, porque él me sugirió que me fuese a Santiago a estar con mis niñas y que él se iría dentro de ese mismo año. Se demoró 7 años en irse.

Quizá creí mucho en su palabra que después de muchos años recién se fue con nosotras, y el amor empezó a perderse. Cuando a una le mienten debe un humano siempre escuchar su corazón, y mi corazón me decía a gritos que algo estaba pasando en él. Cada vez que venía a Santiago lo notaba distinto, distante, pero no lo quería ver. Ahora comprendo que debía escuchar mi corazón e intuición que me avisaban que algo muy malo sucedía con él.

Mi cuerpo sufrió mucho todo ese proceso, incluso llegué a tener una crisis nerviosa, el estrés que me mantuvo internada durante un tiempo con una parálisis ocular. Mis hijas también estaban confundidas, estaban molestas conmigo, también lo estaban con él, pero en el fondo sé que solamente les dolía en lo más profundo de su alma esa situación que se estaba viviendo. Sus padres, que tanto amaban e idealizaban como un matrimonio consolidado y feliz, que veían cuánto nos respetábamos y amábamos, los padres ideales que durante tantos años se mantenían unidos a pesar de las dificultades y desavenencias de ambos lograban mantener una bella familia. Se sentían orgullosas de tener unos padres fieles a sus convicciones y fidelidad en el matrimonio por tantos y tantos años.

Su padre se les caía de ese pedestal en el que lo tenían por ser un buen y protector padre, a pesar de su prepotencia y aprensiones con mis hijas mayores. Mi familia que tanto me costó formar se desmoronaba, sé que mis hijas sufrieron y sufren mucho con todo esto que sucedió.

Ellas dejaron de hablar a su padre, no le perdonaban todo lo que estaba pasando. Al día de hoy mis hijas han ido practicando el perdón y han vuelto a hablar con su padre, excepto una de ellas que aún está muy dolida y no quiere nada de él ni saber nada, ni siquiera verlo, ni que le hablen de él.

Yo pienso que lo irá sanando de a poco.

Necesité mucha ayuda para seguir adelante. Creo que en ese punto mi fe fue de gran ayuda. Porque finalmente pude comprender que pese a como todo había terminado, Robinson había hecho cosas hermosas por nosotras.

Después de todo, él fue quien nos había garantizado un hogar, quien hizo posible que nuestras hijas estudiaran, e incluso gracias a él es que yo pude salir a conocer el mundo.

Así que trabaje el perdón y decidí perdonarlo, pues como catequista "aprender a perdonar" es una de las frases que más repito y promulgo.

Por supuesto que no regresé con él. Que lo haya perdonado no significa que nosotros tengamos que seguir siendo esposos, como así tampoco implica que quiera volver a vivir a su lado.

Lo que significa es que ya no estaba molesta con él, estaba lista para soltar todo aquello que llevaba guardado en lo más profundo de mi corazón y tanto daño me estaba causando.

Después de eso simplemente le dije que podía regresar a su hogar. Nunca me había pedido que lo dejara, pero sabía que él merecía vivir ahí tanto como yo. Ya que familiares y amigos me comentaban que estaba enfermo y lo veían sufrir bastante.

También era cierto que una vez más me sentiría atrapada en ese departamento con él allí mismo, comenzaría a sentirme atrapada en aquel lugar que era mi hogar y que me había costado decorar y hacerlo un hogar hermoso y tranquilo. No me importaba dejar un bonito departamento, lo material está en segundo plano para mí, Me marchaba o moría en el intento.

Fue cuando le pedí a una amiga que me arrendase un cuarto que tenía disponible en su departamento. Me fui para allá antes que él llegara. Luego él me pedía por favor que regresara a casa, lo que para mí es imposible, y comencé a vivir allí donde mi amiga. Me sentía muy libre y tranquila. Luego de 3 meses me vine a un departamentito muy pequeño, de buen ambiente, pero que es mi hogar en el me siento muy realizada, plena y feliz.

No sé por cuánto tiempo estaré aquí, hasta que Dios quiera, por ahora vivo muy en paz y tengo una buena relación con Robin y con mis hijas. Me repetía: "Edith, lucha por tus sueños, vive en plenitud y respeta tu dignidad".

Es muy divertido.

Un día, caminando por el centro de Santiago, me compré una bebida. En ese momento que la abro para tomar y esperando para cruzar una calle en pleno centro, el semáforo me dio la pasada e iba gran cantidad de personas cruzando. Se me cortó el tirante de mi cartera y como la tenía abierta por pagar esa bebida, se me cae la cartera, y volaron por todos lados mis cosas; carteras, carteritas, monedero, espejo cosméticos, etc.

Toda la gente recogiéndome las cosas y yo me fui a agachar para recoger, no me acordé que había abierto la bebida, al agacharme le vacié toda la bebida en la cabeza de un señor que me estaba recogiendo mis cosas. Con la cara chorreándole por la bebida, me entrega mi monedero.

Ahora me da mucha risa pero en ese entonces me dio mucha vergüenza, solo decía "perdón, perdón. Trágame tierra".

En otra oportunidad, un hombre muy elegante me dice:

—Usted es más bella que las estrellas.

Encontré tan lindo el piropo que lo miré para agradecerle con una sonrisa. Él me devolvió la sonrisa, ¡y no tenía ni un diente en la parte superior de su boca!

Hay tantas cosas bellas que todavía me falta vivir, que simplemente no me imagino dejar una vez más que simplemente pasen los años.

Al final, la vida es tan corta, y estoy dispuesta a escurrir hasta la última gota de belleza que esté dispuesta a ofrecerme.

CAPÍTULO TRES: PLENITUD

Ya no quiero dar más exámenes de nada. ¿O acaso me harán un monumento que diga "Editha una luchadora" o "una persona ejemplar, fuerte y virtuosa"?

En verdad eso no me importa, e incluso si lo hicieran, ni siquiera lo vería. Es hora de divertirme y comprarme muchas cosas, comprarme regalos y hacer lo que quiera, de divertirme más.

Me planteo qué rápido pasa la vida, no me reprimo. Aprendí que cuando quiero decir no, es no. Es bueno y necesario para mi salud mental.

Aprendí a mandar lejos a la gente que

no sirve, que es tóxica, que no me aporta nada en la vida. Aprendí a ver a quién le hace bien mi amistad, mi cariño, mi compañía, mi alegría.

Esta es una obra que hice con mucho amor. Quise plasmar mis vivencias, ya que es una excelente forma de acelerar mi desarrollo personal. Hacia el amor que nos permite organizar y clarificar los pensamientos, y verlos a través del perdón, y así poder liberar tu corazón del resentimiento y del odio. Desarrollar la imaginación hasta llegar a vivir en plenitud con un corazón limpio y sincero.

Y a la vez, para decirte que todo depende de ti.

Desarrollar el carácter y empoderamiento, con mucha entereza y valentía. Aquí están mis alegrías y tristezas, ya que así pude lograr la espontaneidad que estaba tan oculta en mí por muchos años. Saber que no existen obstáculos para llegar a alcanzar esa vida plena, de amor y felicidad, tan tremendamente ansiada y valorada. Saber que todos quienes están en nuestras vidas, ya sea que nos hagan felices o nos hagan sufrir, son nuestros maestros que vienen a nuestra vida a enseñar. Creo que te has dado cuenta por qué hay que levantarse cada día y agradecer a cada instante lo que la vida nos ofrece y hacerlo desde la simpleza, de un corazón limpio y puro, lo que realmente genera el hecho de perdonar, otorgándonos desde dentro de nuestro ser, desde la fortaleza, de lo más puro de la vida sin condiciones.

Llegar a la vida plena, ya que todos los seres humanos somos merecedores. Dios nos hizo libres y nos pide vivamos en total libertad, plenitud y felicidad, y esa es la forma que debemos elegir vivir. En la libertad, no en el libertinaje.

Para mí, practicar la escritura es algo tan hermoso que te da la posibilidad de plasmar tu vida entera y todos tus sentimientos, y así entregar lo mejor de cada recuerdo y evitar el bloqueo mental, el cual sin dudarlo te llevará a liberarte y liberar a esa o esas personas que te han dañado. Pero debe ser con la disposición de querer hacerlo, entregarle el perdón. ¿Cómo te darás cuenta que has perdonado? Es cuando te acuerdes de esa persona, porque lo harás desde la paz y ya no sentirás rabia, odio, ni ningún mal sentimiento, ni pensamiento. Y cuando ya lo hayas hecho tu espíritu se aliviará.

Hazlo no por la otra persona sino por ti, para que tu corazón esté liberado de tanto rencor, será un trabajo lento y progresivo

pero sí se puede.

"LO LOGRARÁS"

Te deseo mucho amor y paz. Eso hará que avances en la vida, no te quedes pegada en la angustia y puedas ser muy feliz. El hecho de perdonar a alguien no significa que tengas que olvidar lo que te hizo, porque la mente es frágil. Eso sí, lo recordarás con aceptación y tranquilidad. Y tú serás libre. De esos sentimientos impuros que solo te envenenan y martirizan.

En esta mi obra te he mostrado que liberar a ese gran maestro que vino a mostrarte este caminar, este transitar por la vida, también te libera a ti. Verás en él, ella o ellos, tus errores y carencias en este tránsito de nuestra vida.

La vida es un viaje que debemos disfrutar, con mucha alegría y paz en tu corazón. Porque ¿de qué sirven en esta, nuestra vida, tantas tristezas y lamentos? Solo consiguen que nos enfermemos y nos quite la paz.

Esta autora te viene a dar una joya que está muy escondida en nuestro ser. Recuerda: eres un ser maravilloso, único y perfecto. Sé fuerte, empodérate y triunfarás, porque no hay nada ni nadie en este mundo que te impida ser inmensamente feliz, pleno, libre de ataduras.

Todo cuanto pidas y desees se te cumplirá, solo deséalo, pero con fuerzas y de corazón con la seguridad de que sí se te cumplirá. Da más de lo que tienes y así se te devolverá el doble, porque tú mereces lo mejor, lo más bello del mundo.

Ánimo, tú lo puedes lograr TODO.

Cuando te levantes por la mañana, piensa en el precioso privilegio de estar vivo, respirar, pensar, disfrutar y amar.

Me junto con quien me hace reír, con quien no me recrimina, con una persona que no es envidiosa, ni grave. Estoy viviendo y gozando de mi propia libertad. No sé hasta cuando, pero por ahora vivo en plenitud.

Qué gran placer caminar sin apuros en un día de lluvia o de sol, sin rumbo fijo, para detenerme en cualquier lugar que me llame la atención, maravillarme de alguna planta especial, gozar con el dulce aroma de las flores, con el volar de un pajarito en primavera, o saltar sobre las hojas en otoño.

Incluso ir a lugares nuevos, siempre que así lo quiera. Eso sí es vida, eso es plenitud. Bailar, reír con mis nietos, hacer cosas divertidas, acordarme que mi nueva vida comienza hoy, como así también puede terminar hoy.

Es escribir un libro y ser Best Seller, dejar un legado, una huella en la tierra. Estoy inmensamente feliz, porque estoy agradecida de todo y de todos los que me vinieron a enseñar.

Quiero darle gracias cada día, gracias a la vida, gracias a Dios. Agradecer cada día y en cada momento cada cosa bella que pasa en la vida de cada uno.

Amigos, lectores, les dejo esta, mi vida. Mi vida entera, porque como dije antes la fuerza está en tus inmensas ganas de lograr lo que quieres.

FIN

AGRADECIMIETOS

En primer lugar quiero agradecerle a Dios, cuya fortaleza y sabiduría guió mis pasos hasta este momento tan soñado de mi vida.

A MIS HIJAS

JEIMY VERGARA CALDERON

DAYANA VERGARA CALDERON

GIRLAINE VERGARA CALDERON

ANGIE VERGARA CALDERON

Quienes me enseñaron a volar tan alto como sea posible, siendo ellas el motor de mis sueños, y quienes inspiraron este renacimiento y nueva fase de mi vida.

A MIS NIETOS, las extensiones de mi

vida que con su amor me dan ánimo.

JONATHAN CACERES VERGARA

NAYRA CACERES VERGARA

BENJAMIN INOSTROSA VERGARA

ALEXANDER INOSTROSA VERGARA

CLAYTON INOSTROSA VERGARA

ANTONELLA SIMONCELLI VERGA-RA

Sepan que los amo con todo mi cora-zón.

A MIS HERMANOS

ELIANA CALDERON CASTILLO

GUILLERMO CALDERON CASTILLO

JUAN CARLOS CALDERON CASTI-LLO

A MI TIA

ALICIA CALDERON ESPEJO

A MIS AMIGOS:

CECILIA MOLINA

GONZALO QUIROGA

SONIA ALCANTARA

CRISTINA GARCIA

También a ROBINSON VERGARA, quien caminó a mi lado y me acompañó por tantos años (más de 38).

Por su puesto, también a mi Psicólogo ARMANDO BEJARANO, quien me acompaño en la etapa más difícil de mi vida.

A mi mentor FRANCISCO NAVARRO LARA, quien guió mis pasos para que pudiera dar forma a este; Mi Libro.

Por último, a mi editor Franco D. Cruz, quien con tanta paciencia y creatividad hizo este libro realidad.